DIEZ DEDITOS

MEM FOX

HELEN OXENBURY

kalandraka

Título original: *Ten Little Fingers And Ten Little Toes*

Colección libros para soñar®

Publicado con el acuerdo de Houghton Mifflin Harcourt Publishing Company

Rúa de Pastor Díaz, n.º 1, 4.º B. 36001 Pontevedra
Tel.: 986 860 276
editora@kalandraka.com
www.kalandraka.com

Impreso en Gráficas Anduriña, Poio
Primera edición: mayo, 2018
ISBN: 978-84-8464-383-8
DL: PO 157-2018

Para Helena, maestra de todos

—M. F.

Para todos los bebés del mundo

—H. O.

Hubo un bebé que nació
en un lugar muy lejano.

Otro nació el mismo día

en un hospital cercano.

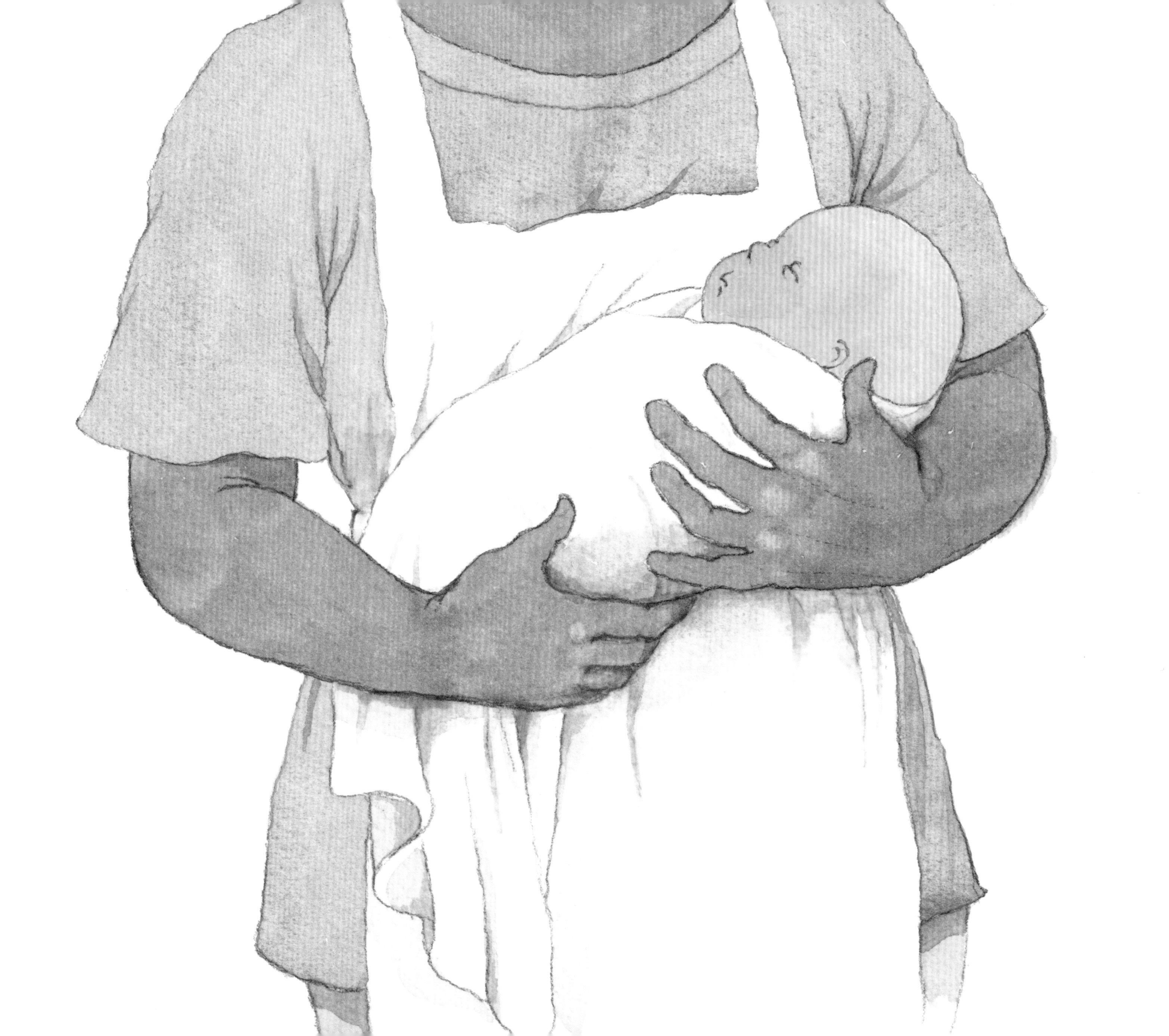

Y los dos bebés tenían,

como bien se puede ver,

diez deditos en las manos,

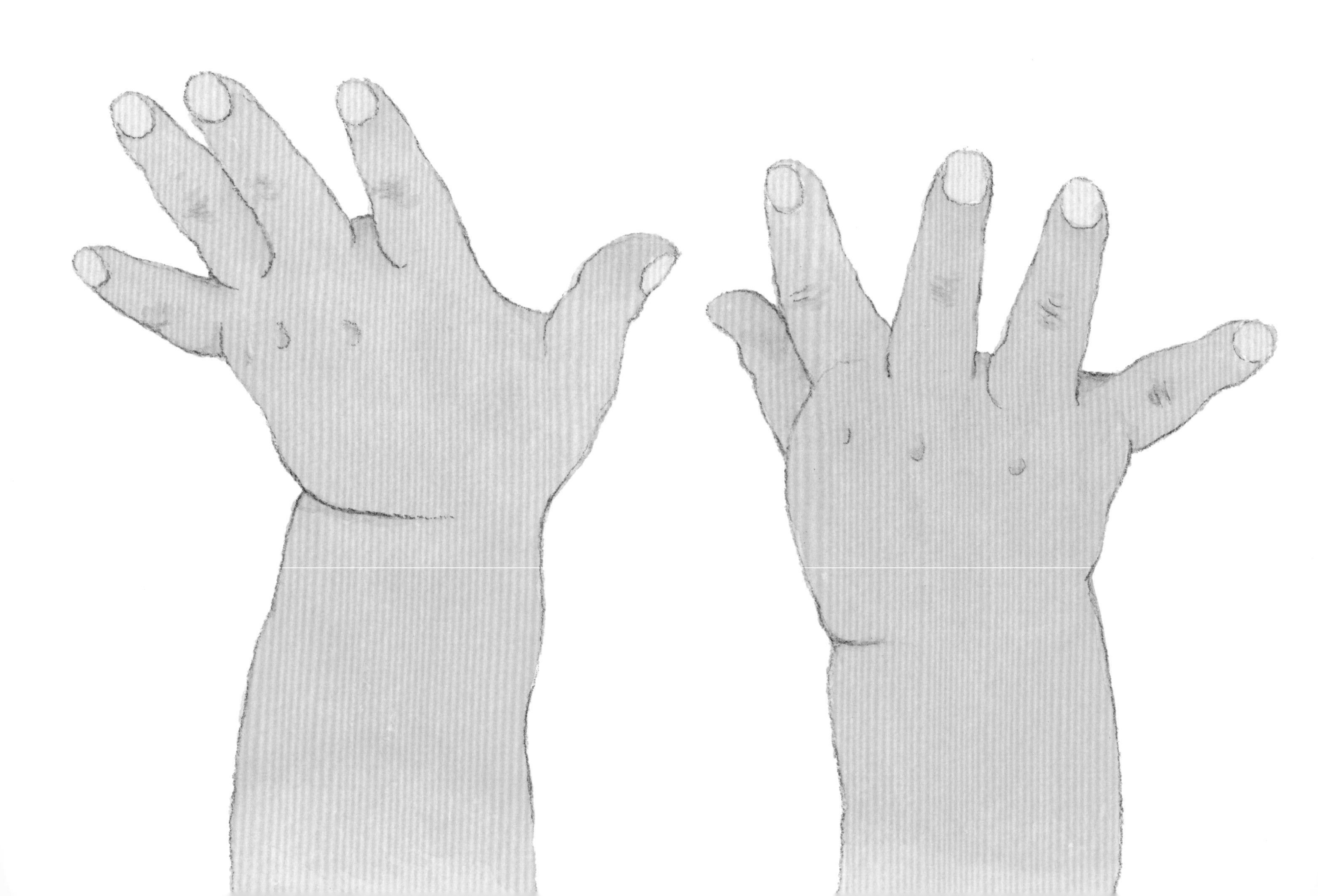

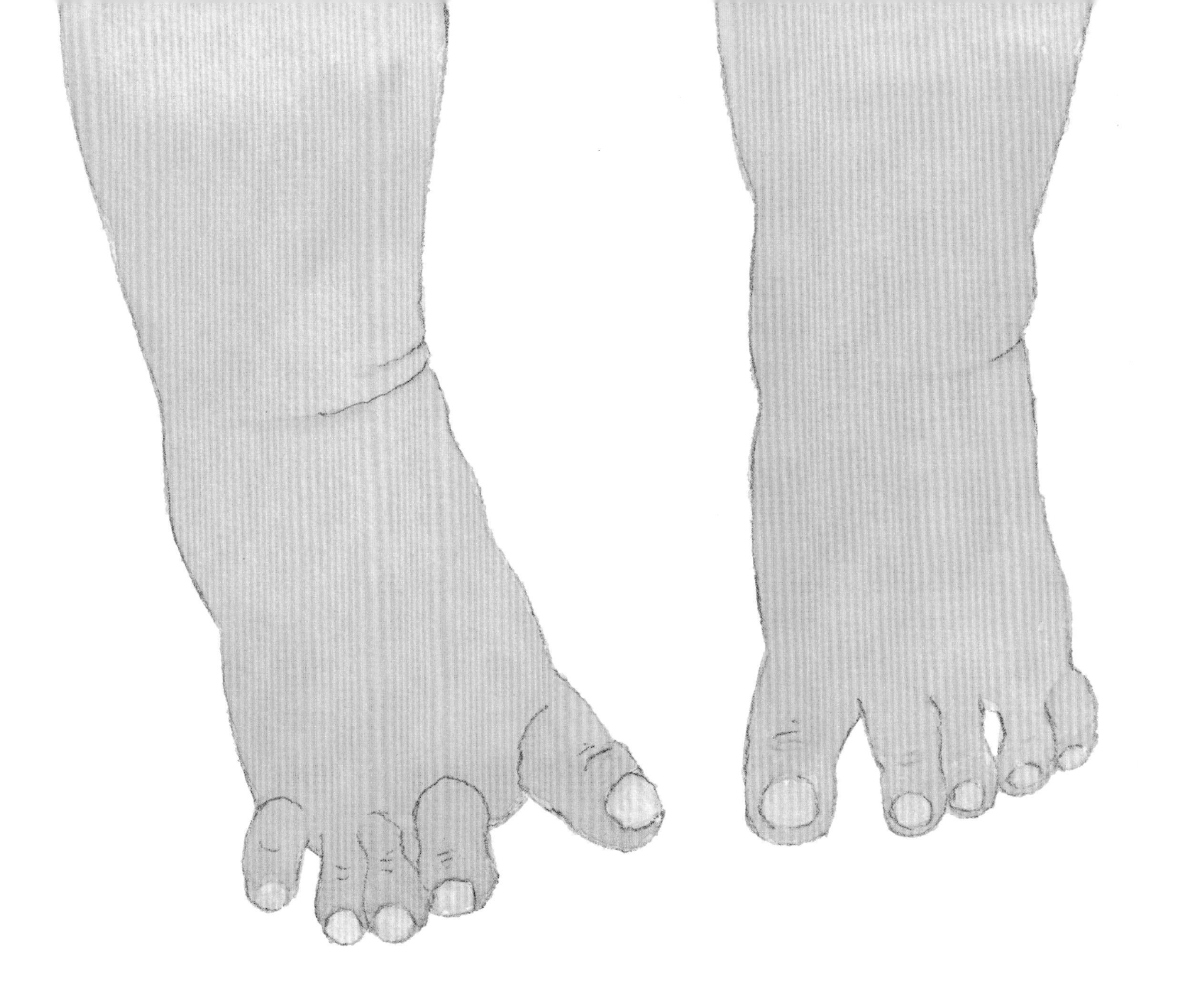

diez deditos en los pies.

Hubo un bebé que nació en una ciudad enorme.

A este otro lo arroparon con un edredón de flores.

Y los dos bebés tenían,

como bien se puede ver,

diez deditos en las manos,

diez deditos en los pies.

Hubo un bebé que nació
entre colinas y prados.

A otro le daban jarabe porque estaba acatarrado.

Y los dos bebés tenían,

como bien se puede ver,

diez deditos en las manos,

diez deditos en los pies.

Hubo un bebé que nació entre la nieve y el cielo.

Otro nació bajo el sol en el medio del desierto.

Y los dos bebés tenían,

como bien se puede ver,

diez deditos en las manos,

diez deditos en los pies.

Luego nació mi bebé, tan suave, tan bonito,
dulce como la miel, rico como los higos.

Y este bebé también tiene,

como bien se puede ver,

diez deditos en las manos,

diez deditos en los pies...

y un beso de regaliz

que le doy en la nariz.